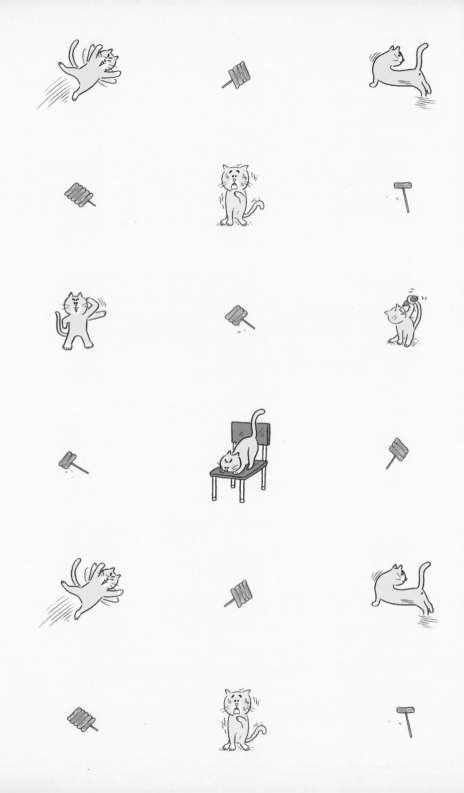

沒有孩童就沒有天堂。

阿爾加儂‧斯溫伯恩（Algernon Charles Swinburne）

對放學後的學生來說，沒有辣炒年糕就沒有天堂。

年糕奶奶

똥볶이 할멈 3 나쁜 어린이는 없다

年糕奶奶便便變 3

年糕店快倒了，怎麼辦？

姜孝美강효미／文

金鵝妍김무연／圖

林建豪／譯

甜甜辣辣、嚼勁十足！

「宇宙最強」辣炒年糕，好吃到**升天**！

但是……只要遇到壞蛋，
年糕奶奶就會施展魔法，念起「**便便變**」咒語！

微辣年糕、

炸醬年糕、起司年糕、

奶油年糕、醬油年糕、油炸年糕，

不論什麼口味的年糕，只要碰到壞蛋的舌頭，

馬上會變成「便便口味」的懲罰年糕！

所以，在年糕奶奶念咒語之前，

壞蛋最好趕快求饒，趕快逃跑吧！

**辣炒年糕變，辣炒年糕便便！
辣炒年糕便便變！**

無人參加的

生日派對

噗嚕噗嚕

「唉呀，好忙喔！」

舊舊的大鍋裡，正煮著紅紅的辣椒醬汁。

為了讓醬料味道充分融入年糕、完美入味，年糕奶奶一邊使用勺子攪拌，一邊哼著歌曲。

「辣炒年糕～辣炒年糕～

宇宙最強的辣炒年糕～

你問我宇宙最強年糕的祕訣～

美味沒有祕密～只有年糕奶奶的好手藝～」

就跟歌詞唱得一樣，年糕奶奶的祕訣沒什麼大不了，食材也只有年糕、辣椒醬、砂糖和清水。

年糕奶奶的辣炒年糕真的很特別。放入口中時，甜甜辣辣的滋味在舌尖慢慢擴散，愈嚼愈香，愈嚼愈有勁。一吞下去，口腔還會湧上香濃的微辣感，好吃到升天。

所以平常不愛炫耀的年糕奶奶，一談到自己的辣炒年糕就變得非常自豪，好像完全忘記「謙虛」兩個字。

「如果只說這是全國最美味的辣炒年糕，那就太可惜了！我的辣炒年糕是地球最強的！不，是全宇宙最強的！」

但是今天怎麼特別奇怪呢？明明已經到了放學時間，辣炒年糕店卻空蕩蕩的，沒有任何客人上門。路過的小朋友們聞到了甜甜辣辣的香味，都忍不住停下腳步，一邊吞口水一邊看著辣炒年糕店，但他們還是轉身離開了。

「真是太奇怪了！」

這時，年糕奶奶看到了之前發生意外的天天。他已經順利康復，重回學校上課了。

「原來是天天呀！」

「年糕奶奶，你好！」

「進來吃辣炒年糕吧。」

「對不起，我不能吃……」

天天其實很喜歡吃辣炒年糕，但他卻猶豫地

拒絕了。

「你是不是把零用錢都花光了呢？沒關係，今天我請客。」

「謝謝年糕奶奶，但有人說絕對不能吃年糕奶奶煮的辣炒年糕，所以我不能吃。」

「咦？誰說的？」

「大人說的。」天天回答。他向年糕奶奶道別，低著頭離開了。

「這到底是怎麼一回事呢？」

一直到了日落，都沒有客人走進辣炒年糕店。年糕奶奶開店這麼多年，第一次遇到這種情況。

店門前突然出現一個小小的影子，年糕奶奶立刻打開門。

「年糕奶奶……」起司全身濕透，牠的身體蜷縮成一團。

「你不是很討厭碰水嗎，怎麼把自己弄得濕答答？」

「我剛剛去洗澡。年糕奶奶，今天這一切都是我造成的，因為我總是髒兮兮的。」

喵

嗚

「你在說什麼？」

年糕奶奶讓起司先進店裡，再聽牠解釋。

「今天陽光小學開朝會，董事長公布一張我從店裡走出去的照片。他還命令所有小朋友，叫他們絕對不能再來這裡光顧。」

「唉，原來如此。」

年糕奶奶終於明白為何沒有客人上門了。

「我覺得很丟臉，這一切都是我的錯……」

「起司，這不是你的錯，是董事長在背後搗亂，我們應該懲罰董事長！」

「可是我去過董事長的豪宅，那邊貼了一張告示牌，上面寫著『禁止便便奶奶進出』，門口還有幾十名警衛看守。就算變身成便便神喵，我也進不去……」

「真是糟糕！」

因為全身溼答答的，起司的毛黏在身體上，看起來更加垂頭喪氣。為了安慰起司，年糕奶奶特別幫牠做了一碗熱呼呼的鮪魚罐頭湯。

幾天後。

年糕奶奶實在忍無可忍了。

　　「我受夠了！」年糕奶奶奮力推開門，蜷縮在門外的起司嚇得跳起來。

　　「奶奶，你要去哪裡？」

　　「店裡空蕩蕩的，一個客人也沒有。但是我可不會坐以待斃！」

　　年糕奶奶從倉庫牽出一台老舊的摩托車。

　　「這是我以前騎的車。如果孩子們沒辦法來年糕店，那只好由我親自出馬了！」

「哇！年糕奶奶，你要做外送嗎？好帥喔！」

「不，我要做的更厲害。」

「是什麼呢？」

「我會親自上門，現場為客人烹煮熱騰騰的辣炒年糕，這就是『叮鈴鈴！辣炒年糕送到家』。」

「哇！」起司興奮地跳起來。「太棒了！我也要幫忙。」

年糕奶奶和起司一起印製傳單，起司還請了
貓咪朋友們幫忙發送傳單。

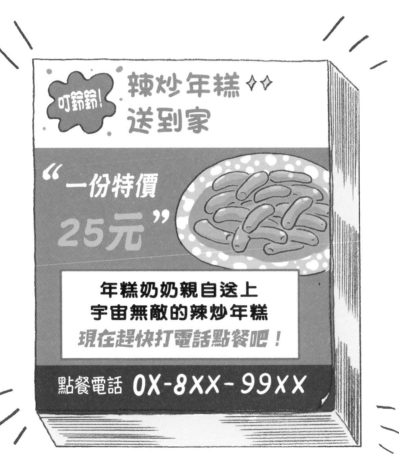

「叮鈴鈴！辣炒年糕送到家」準備完畢。

年糕奶奶和起司一直盯著電話。

「怎麼辦？沒有人打電話，連惡作劇電話都
沒有。看來這一套行不通，完蛋了！」

緊張的起司在店裡上竄下跳。

「起司，拜託你安靜一點！」

叮鈴鈴！叮鈴鈴！輕快的電話鈴聲響起，年糕奶奶迅速接起電話。

「喂？」

「你好，現在可以訂『叮鈴鈴！辣炒年糕送到家』嗎？」

「就是可以訂，才會宣傳啊。請問地址是哪裡呢？」

期待已久的第一個訂單終於來了！年糕奶奶掛斷電話，匆匆騎上摩托車，戴好安全帽，發動了引擎。

「我就不去了，因為我是髒兮兮的流浪貓。」起司堅持不去，緊緊抓著店門。

但年糕奶奶一用力，就把牠拉走了。

引擎發出轟隆隆的巨響，他們騎著摩托車，朝著客人的家出發！

叮咚叮咚

年糕奶奶按下門鈴，一個小女孩來開門，她和年糕奶奶打招呼：「你好！」

第一位訂購「叮鈴鈴！辣炒年糕送到家」的客人是春春，她是辣炒年糕店的常客。

「噢，原來是春春呀。我帶了一個帥氣的貓咪助手過來，可以讓牠一起進去嗎？」

「可以啊！」春春看見躲在年糕奶奶背後的起司，把牠抱了起來。「哇！你好可愛喔！」

「哇，春春覺得我很可愛耶，她不覺得我髒ㄅㄅ的……」雖然起司不太喜歡被人抱起來，但牠決定破例忍耐一次。

客廳有華麗的氣球裝飾，餐桌上有豐盛的派對美食。

春春猶豫地說:「其實今天是我的生日……」

「你的朋友在哪兒呢?還沒來嗎?」

「我的朋友不會來。」

「沒有人會來嗎?」

「對……」

「真是糟糕,如果沒有人來,這些食物都會浪費掉呢。」

「所以我想邀請年糕奶奶和可愛貓咪來參加派對,可以嗎?」

「我最討厭派對了!」

「這樣呀……」

「不過既然都來了,我就只好參加囉!」

儘管年糕奶奶看起來很冷淡,她還是穿上了圍裙,準備煮宇宙最強的辣炒年糕給壽星春春。

起司興奮地跟著年糕奶奶走進廚房。

「我第一次受邀參加生日派對！我等等應該可以吃生日蛋糕吧？我沒有生日，不對，我應該有生日，但不知道是哪一天，所以等於沒有。我想和人類一樣戴生日帽，還有唱生日快樂歌！但我的喉嚨有點沙啞，怎麼辦？」

年糕奶奶看了看客廳，春春低著頭，一個人坐在桌子旁邊，看起來非常孤單。

「我覺得春春想要的好像不是辣炒年糕。」

「你的意思是什麼呢？春春是辣炒年糕店的常客，而且桌上明明準備了那麼多美食，她還是只想吃年糕奶奶煮的辣炒年糕，表示她真的很喜歡宇宙最強辣炒年糕，這不是很好嗎？」

換作平時，年糕奶奶早就得意地炫耀了，這次她卻語重心長地說：「春春要的不是辣炒年糕，而是我們的陪伴。」

「我們的陪伴？」

「沒有人想要孤單地過生日，對吧？春春不想要一個人過生日，所以才會訂購『叮鈴鈴！辣炒年糕送到家』，請我們到她家製作辣炒年糕。」

「哦！原來如此。」

「前幾天，春春來過店裡，她那時說自己準備了很多張生日邀請函。既然她準備了很多邀請函，應該已經邀請了很多朋友，但竟然沒有人來參加⋯⋯」

「春春可能沒有朋友。」

「我擔心她在學校的人際關係出問題，得去看看才行。」

「那、那要出動了嗎？」

「沒錯！那就開始吧？」

年糕奶奶笑了一聲，為了不讓春春聽到，她小聲念出非常厲害的魔法咒語。

年糕奶奶變，年糕奶奶便便！年糕奶奶便便變！

接著就發生了不可思議的大變化！

奶奶原本蓬鬆的銀白頭髮，變成茂密又亮眼的紅色；原本沾滿醬汁的圍裙，也變成帥氣的白色盔甲；勺子和鍋子則變成閃閃發亮的武器。

一轉眼，平凡的年糕奶奶變成了便便奶奶！

「也快點讓我變身吧！」

「沒問題！」

年糕　　　奶奶　　　便便變

便便奶奶也對起司念起了「便便變」咒語。

起司喵喵變，起司喵喵便便，
便便神喵便便變！

膽小的起司貓咪突然消失了，變成威風凜凜的「便便神喵」！

「我們先去陽光小學吧！」

「我知道春春讀幾年幾班！」

便便奶奶的靴子突然爆發出強大的噴射火焰，瞬間將奶奶推上高空。

起司神喵用長尾巴纏上奶奶的腳踝，牠的身體就像真的起司一樣拉得長長的，飛向天空！

很快地，便便奶奶和神喵到了春春的教室。

便便奶奶看著手上的鍋子和勺子，說道：

「好，現在輪到你們上場了！」

便便奶奶把勺子放進鍋子，開始快速轉動，就像平時為了讓年糕入味一樣。唯一不同的是，現在轉動的方向和平時相反！

轉轉轉，轉轉轉，一圈又一圈⋯⋯

轉轉轉，轉轉轉，一圈又一圈⋯⋯

每轉動一圈，教室時鐘的分針就往回轉一圈。

時間從下午一點倒回一天前，也就是昨天下午一點。

午餐時間還沒結束，教室裡一片喧鬧。小朋友們似乎都看不見便便奶奶和神喵。

春春坐在座位上，手上拿著某個東西，原來是她親手製作的生日邀請函。

「哦？這是什麼？」

藝瑟把春春手上的邀請函搶過去看。

「歡迎參加春春的生日派對……這不是生日派對的邀請函嗎？」

「還給我！」

春春立刻把邀請函搶回來。

「春春，你要過生日了嗎？我想參加你的生日派對！」

「我也是！」

「我也要去！」

同學們興致勃勃地討論，但春春只是緊緊閉上嘴巴，沉默不語。

「春春最近好像有點奇怪。」

「對啊。我之前想跟她一起玩，但她總是拒絕我。」

「算了，我們還是自己玩吧！」

同學們紛紛離開，只有春春一個人留在座位上。

喵！

　「哦？怎麼一回事？」神喵歪著頭說。「不是小朋友們不來參加派對，原來春春根本就沒有邀請同學來！」

　「就是說呀。」

　「同學們反而都很想和春春一起玩！」

　便便奶奶走向春春，想要找出原因，這時鬧哄哄的教室情景瞬間安靜下來，小朋友都不見

了，原來轉眼間已經過了五分鐘。

「我們回去春春家吧！」

剛回到廚房，便便奶奶就聽見春春的聲音。

「年糕奶奶，辣炒年糕煮好了嗎？」

「天啊！」

便便奶奶立刻變回平凡的年糕奶奶，神喵也變回了平凡的起司貓。

「哦？」春春走進廚房時嚇了一跳。

辣炒年糕還沒煮好，鍋子裡的水甚至還沒沸騰，因為剛剛年糕奶奶忙著回到過去，還沒開始製作辣炒年糕。

「就快好了。」

年糕奶奶匆忙打開瓦斯爐，說：「好的開始就是成功的一半，對吧？現在開始，就等於完成一半了。」

過了一會兒，廚房傳來甜甜辣辣的香味。

「來，煮好囉！」

年糕奶奶裝了滿滿一大盤辣炒年糕，端到春春面前，接著把三層蛋糕上的蠟燭點燃，準備為春春慶生。

「祝你生日快樂！祝你生日快樂！祝親愛的春春生日快樂！祝你生日快樂！」

起司唱得很好聽，但春春聽到的只是「喵喵」叫聲。

「裝飾品好可愛喔！」起司看到蛋糕上有個長得很像春春的裝飾品，牠實在太好奇了，拔起來看時，源源不絕的鈔票居然不停地從蛋糕裡冒出來！

「天啊！這是什麼呀？喵喵！」起司興奮地搖屁股。

「你爸媽給零用錢的方式還真有趣。」

起司看起來很開心，但年糕奶奶顯然不以為然。

春春看起來也不太開心，她靜靜吃了一口辣炒年糕，很快就放下了叉子。

「不好吃嗎？」年糕奶奶問。

「很好吃。」

儘管嘴上這麼說，春春卻一直盯著別處。沿著春春的視線，年糕奶奶看到了廚房的冰箱。

「唉呀！」

年糕奶奶恍然大悟。

「你想要的不是宇宙最強辣炒年糕，而是其他東西吧！」

「咦，你怎麼知道呢？」

換作平常，年糕奶奶一定會覺得自尊心受

創，但她笑著說：「我可是無所不知！我會準備你真正想要的東西，可以請你稍等嗎？」

「好。」

春春半信半疑，但還是點頭答應了。

「起司，現在出動！」

前腳沾滿鮮奶油的起司嚇了一跳。

「嗯？派對才剛開始就要出動嗎？」

「快點來！」

「好的，喵！」

年糕奶奶用力拉住起司的尾巴，接著就消失了！

便便奶奶和神喵來到了「春春家電」，這裡販賣各類家電和3C產品。賣場裡擠滿了客人，外面還有人在排隊。

賣場後方的走廊傳來了交談聲。

「都是因為你，那兩個客人才會跑掉！」

「為什麼是我的錯？都怪你不夠親切！」

「你說完了嗎？」

「還沒！要不是你幫倒忙，店裡的生意會更好！」

「你說什麼？沒有你，生意才會更好！」

「我竟然會跟你這種小氣鬼結婚，這是我人生最大的錯誤！」

「小氣鬼？你才是小心眼！」

「我討厭你的聲音！」

「我討厭你呼吸的聲音！」

「我討厭你的手指！」

「我討厭你的腳趾！」

「我討厭你的毛！」

「我討厭你的痣！」

神喵不禁摀住耳朵。

「喵，好吵啊！誰在吵架？」

爭吵中的兩人看見便便奶奶和神喵，嚇了一大跳。

「啊！你們是誰啊？」

「貓竟然會說話！」

便便奶奶大聲怒吼：「你們別吵了！女兒今天過生日，你們不僅不幫她舉辦慶生派對，竟然還在這裡吵架！」

「什麼？他們居然是春春的爸爸媽媽？」神喵看傻了眼。「春春一個人過生日，你們卻在這邊吵架，真是太過分了！便便奶奶，快用便便咒語懲罰他們一百年！不對，一千年吧！」

這時，春春的爸媽大聲反駁。

「春春哪裡會孤單？我特別幫她辦了華麗的生日派對，讓她跟朋友們一起開心地慶生。」

「我也買了很多昂貴的禮物，還給她很多零用錢。」

「我還為參加派對的同學準備了很貴又很棒的禮物呢！」

「那個生日蛋糕可是由最厲害的烘焙師傅製作，師傅把蛋糕上的裝飾做得很像春春，還把零用錢塞進去……」

便便奶奶的雙眼充滿怒火。

「不要吵了！你們眼裡只有錢，根本不知道春春真正想要的是什麼！」

「我當然知道春春想要什麼，她想要住更大的房子，房間還要裝飾得漂漂亮亮。」

「別胡說，春春想要坐新車出去玩！我會買一輛新車，讓春春向同學炫耀一番，為此我可是很努力地工作！」

「別開玩笑了，房子當然比車子更重要！」

「車子比較重要！」

「夠了！我忍無可忍了！」便便奶奶生氣地說，她對兩人念出咒語！

辣炒年糕變，辣炒年糕便便，辣炒年糕便便變！

接著又說：

「今天一整天，你們都會吃年糕變便便！」

念完咒語後，便便奶奶的勺子射出一道閃光，擊中兩人的舌頭，發出一聲巨響。

「啊！好燙！」

「我的舌頭燒起來了！天啊！」

兩個人吐著舌頭，痛得不斷跳腳。

「便便奶奶，這次的懲罰為什麼只有一天？至少要十年吧！」不滿的神喵怒吼。

便便奶奶告訴春春的爸爸媽媽：「你們今天吃的年糕，都會是便便的味道！」

「便便的味道？」

「只要中了這個咒語，無論是微辣年糕、炸醬年糕、起司年糕、醬油年糕、油炸年糕，只要一碰到你的舌頭，原本美味的年糕馬上會變成便便口味的懲罰年糕！」

「現在你們立刻回家，和春春一起做出世界上最美味的辣炒年糕。」年糕奶奶命令。「如果不聽話，還會有更嚴厲的『超級便便變』懲罰等著你們！」

「『超級便便變』更可怕！不管你吃下什麼料理，都會變成便便口味！」起司補充說明。

「趕快去！」年糕奶奶命令。

「好的，知道了，請放過我們！」

「我們會依照你的吩咐，馬上回家！」

　春春的媽媽和爸爸慌慌張張地離開，便便奶奶和神喵跟在後面。

年糕奶奶和起司從窗外探頭，看見春春的爸爸媽媽和春春一起煮辣炒年糕。剛吵過架的兩個大人還是很生氣，頻頻瞪著對方，但為了不被春春發現，會在她看過來時強顏歡笑，表現出一派和諧的假象。

　　「我來放年糕！」春春勤奮地幫忙。

　　「奶奶，你為什麼要春春全家人一起煮辣炒年糕呢？而且還要他們一起吃。年糕奶奶煮的辣炒年糕明明更好吃，不是嗎？」

　　「我的辣炒年糕可是全宇宙最強的，當然更好吃了！」

　　「如果吃下便便口味的年糕，心情肯定很差，我擔心他們又會開始吵架。」

「真的是那樣嗎？」

辣炒年糕很快就煮好了，一家三口坐在餐桌前。

「春春，你為什麼不邀請同學來參加派對呢？媽媽明明幫你準備了豐盛的美食。」

「你有沒有跟同學炫耀爸爸買給你的禮物呢？」

「我不想邀請同學！」春春哭著說：「最近和同學們一起玩時，我常常覺得很難過。原本每天都很期待去上美術課、英文課，現在都不想去了。原本覺得美味的蛋糕也變得不好吃了。晚上也睡不著。」

「為什麼呢？」

「因為我覺得爸爸媽媽不愛我，反而更愛錢……你們本來連我的生日派對都不想來，每

天只忙著賺錢！我好討厭春春家電！」

「天啊！你怎麼這麼說？」

「店裡生意不好時，我們家過得多麼困苦，你都忘了嗎？生意變好之後，你不是也很開心嗎？」

春春哭著說：「生意不好的時候，就算沒有錢，爸爸媽媽還是一直陪著我，當時我真的覺得很幸福……但是隨著生意越來越好，爸爸媽媽變成故事書裡的怪物，怎麼樣都不滿足！現在你們總是覺得錢賺得不夠多，因此每天都在吵架，不是嗎？」

「我們只是想要賺更多錢，讓你過上幸福的生活……」

「對呀，我們都是為了你。」

「可是我一點都不幸福。爸爸媽媽每天都很晚回家，所以我只能一個人吃晚餐。而且你們

回到家以後一直在算錢，都不陪我。」

「春春，真的很對不起。」

「我們不知道你這麼難過。」

春春停止哭泣，叉起一條年糕塞進嘴裡。

「不過沒關係，今天是最棒的一天，不只因為今天是我的生日，爸爸媽媽也都陪在我身邊。」

「女兒乖，多吃一點。」

「以後爸爸媽媽會常常煮辣炒年糕給你吃，好嗎？」

一家三口開始享用辣炒年糕。奇怪的是，春春的爸媽明明被便便奶奶懲罰，吃進嘴裡的年糕都是便便的味道，但他們卻沒有吐出年糕，表情也沒有任何變化。

「咦？」神喵歪著頭問：「春春的爸媽吃了年糕，但是他們好像沒有嘗到便便的味道耶。便便奶奶，是不是魔法出錯了呢？」

「不。」便便奶奶搖了搖頭。「春春的爸爸媽媽大概沒發現便便的味道吧。」

「沒發現便便的味道？怎麼可能呢？」

「為人父母就是這樣，不管嘴裡吃進了什麼東西，只要孩子能開心、能吃飽，他們就開心！看見女兒這麼幸福，春春的爸爸媽媽因此忽略了嘴裡的臭味。」

神喵歪著頭，牠依舊無法理解。

「你看看冰箱！」

冰箱上貼著一張照片，照片中，媽媽、爸爸和春春在狹窄的廚房裡煮著辣炒年糕，看起來很開心。

「剛才春春一直盯著冰箱，我發現她不是要

管理費催繳

吃冰箱裡的食物，而是在看那張照片。當時過得很困苦，但春春顯然很懷念全家一起煮辣炒年糕的時光。」

「原來如此。但春春的爸爸媽媽看起來關係很差，他們能像從前一樣和平相處嗎？」

「唉呀，希望藉由今天的事，他們會明白和春春在一起的時間是多麼珍貴。」

便便奶奶和神喵靜靜地離開春春的家，不打擾一家人的相處時光。

當天晚上，年糕奶奶輕輕叫醒在角落睡覺的起司。

「要……要出動了嗎？」起司睡眼惺忪地問。

年糕奶奶拿著一個小魚造型的蛋糕。

「哇啊！這是什麼？」

「這是蛋糕。」

「蛋糕？是生日時吃的……」

「起司，你就把今天當作自己的生日吧！」

「什麼？」起司開心得跳起來。「把今天當作我的生日？所以這是我的生日蛋糕嗎？哇！我第一次見到這樣的蛋糕。幸虧我今天洗了澡，過生日可不能髒兮兮的。啊，早知道就先戴上緞帶！」

年糕奶奶大聲說：「起司，好了！趕快吹蠟燭吧，都要燒完了！」

　　「哇，其實我一直很想吹蠟燭呢。」起司凝視著逐漸變小的蠟燭，雖然已經熱淚盈眶，但他忍住沒哭，把蠟燭吹滅了。

　　「自從出生以來，今天是第二幸福的日子！最幸福的日子是遇見年糕奶奶的那天。」

　　「謝謝你啊，起司。」

　　就這樣，年糕奶奶和起司一邊聊天，一邊度過愉快的生日。

董事長的

驚天大祕密

年糕店裡依舊只有蒼蠅飛來飛去。但「叮鈴鈴！辣炒年糕送到家」獲得了熱烈迴響，年糕奶奶和起司忙得不可開交。

　　叮鈴鈴！叮鈴鈴！

　　「大概又是訂餐的電話。」

　　「年糕奶奶！訂單太多了，不能再接了！」

　　儘管如此，年糕奶奶還是接起電話。

　　「你好，年糕奶奶，我是春春！」

　　「噢，原來是春春呀！你要訂『叮鈴鈴！辣炒年糕送到家』嗎？」

　　「不，我想要跟你道謝。多虧你的幫忙，我過了一個完美的生日，爸爸和媽媽的關係也變好了，好像回到了以前的樣子。」

「真是太好了！」

和春春通完電話後，訂購電話不斷湧入。

「唉呀，好忙啊！」

雖然很累，但年糕奶奶露出了久違的笑容。

週末。

年糕奶奶正準備騎上摩托車，這時起司匆匆跑過來。

「年糕奶奶，大事不好了！」

「發生什麼事了？」

「董事長他……！」

就在此時，電話響了。

「你好，我想要取消剛才訂購的『叮鈴鈴！辣炒年糕送到家』！」

「我要取消！」

「我要取消，現在就取消！」

取消訂單的電話突然暴增。

「到底是怎麼一回事呢？」

「一切都是董事長搞的鬼！今天早上，董事長把這個影片傳給陽光小學的全體學生，你看看！」

年糕奶奶立刻觀看起司給的影片，董事長站在自己的黃金雕像前，對著鏡頭說：

各位同學們！聽說最近「叮鈴鈴！辣炒年糕送到家」大受歡迎，但我要揭穿一個不為人知的可怕祕密！

最近，陽光小學很多學生得了癢癢症，我認為這都是「叮鈴鈴！辣炒年糕送到家」造成的，因為吃完「叮鈴鈴！辣炒年糕送到家」的辣炒年糕後，身體會變得很癢！

畫面中，董事長一邊說話，一邊抓癢。

　　年糕奶奶搖頭說：「唉呀！原來大家是因為這部影片才取消訂單啊。不過話說回來，癢癢症是什麼？」

　　「那是最近陽光小學的學生們患上的傳染病，全身會癢得不行，抓了之後又會覺得更癢，非常可怕！」

　　年糕奶奶想起來了，她的確看過小朋友邊走邊抓癢的樣子。

　　這時候，年糕奶奶發現起司全身上下都有牠自己抓出來的爪痕：「起司，你也一直抓癢，但是你又沒有吃辣炒年糕，為什麼也得了癢癢症呢？」

　　年糕奶奶還提出另一個疑問：「我看影片中的董事長也在抓癢，但是董事長也沒吃過我煮

的辣炒年糕啊。」

「年糕奶奶，你說的有道理！癢癢症果然不是辣炒年糕造成的。」

「我想到了！董事長和小朋友、起司的共通點就是……」

年糕奶奶立刻變身成便便奶奶，起司也變成了神喵。

「現在要出動了，神喵！」

便便奶奶和神喵來到了陽光小學。

「這裡不是學校嗎？」

「沒錯，我發現得了癢癢症的人都來過陽光小學。起司，你之前曾經路過陽光小學的遊樂設施，對吧？」

「沒錯！」

「咦，這是什麼味道？」便便奶奶問。

學校裡瀰漫著刺鼻的臭味。

「應該是油漆的味道，從上星期開始，陽光小學進行校舍外牆油漆工程。我們去看看工程現場吧！」神喵走在前面帶路。

「塗油漆好像變魔法，老舊的牆壁塗上油漆後會變得很漂亮，我覺得很有趣！我可以看人塗油漆一整天。」

便便奶奶和神喵走到施工處附近，這時他們聽見有人在竊竊私語。

　　「動作快一點，趕快完成工程！我的眼睛和鼻子好痛啊。」

　　「我全身也好癢。」

　　「沒辦法，這是董事長吩咐的工作，我們只能乖乖照辦。」

　　便便奶奶的雙眼突然亮了起來。

　　「你們這些傢伙！把剛才說的話再說一次！」

　　「天啊！」

　　一看見便便奶奶和神喵，兩個工人嚇了一跳，跌坐在地上。

「你們難道就是傳說中的便便奶奶和神喵？請饒了我們吧！我們只是聽命行事！」

「對呀，為了節省工程費用，董事長硬要我們使用這種添加了有害物質的廉價油漆，我們也是逼不得已。真的！」

「太可惡了！小朋友們之所以會得到癢癢症，全都是因為使用便宜的劣質油漆！更過分的是，董事長竟然誣陷無辜的辣炒年糕！」

「可惡！我生氣了！」神喵氣到跳起來。

「救命啊！我不想被便便咒語懲罰！」

你們這些傢伙！

抓抓

趁著便便奶奶和神喵不注意，工人們趕緊逃走了。

「便便奶奶，他們逃走了，現在該怎麼辦呢？」

「沒關係，他們只是聽命行事，該被懲罰的是董事長！起司，現在出動吧！」

「但是董事長的豪宅有警衛嚴格看守，我們要怎麼進去呢？」

廉價
油漆

廉價
油漆

便便奶奶突然想到一個好點子！她設計了特別版的傳單，還特地飛到董事長的豪宅上方，從空中撒下這些傳單！

同一時間，董事長正在觀賞自己的第二座黃金雕像。

　「哈哈哈！我把工程費用省下來，做了這座珍貴的黃金雕像！看著黃金雕像，我突然好想吃撒了金粉的年糕。」

　董事長的口水快要流下來，他已經好久沒吃到美味的辣炒年糕了。自從被便便奶奶施下咒語後，不管吃什麼口味的年糕，都只嘗到臭哄哄的便便味。

　「可惡的便便奶奶！唉，明明已經報仇了，為什麼我還是覺得不痛快！」

　呼呼！窗外突然吹來一陣風，一張傳單飛了過來，落在董事長的臉上。

「這是什麼？」

董事長拿開臉上的傳單，看到上面的廣告內容。

「什麼？黃金辣炒年糕？而且絕對不會有便便的味道，我一定要吃吃看！」

董事長立刻撥打電話。

「請問是絕對沒有便便味的黃金辣炒年糕店嗎？」

「是的！請問今天想來點什麼？」

起司捏著鼻子接電話，忍不住偷笑了一聲。

「年糕奶奶，計畫成功了！」

「太好了。起司，出動吧！」

引擎發出轟隆隆的巨響，年糕奶奶騎上摩托車，前往董事長的豪宅。

年糕奶奶喬裝成普通的外送員，順利騙過門口的警衛，進入董事長的家。

董事長早就坐在餐桌前，準備享用黃金辣炒年糕。

「你確定沒有便便的味道吧？」

「當然沒有！」

「好期待，趕快端上桌！」

年糕奶奶提著假的外送箱走向董事長，接著快速地拿出鍋子和勺子，讓董事長一時之間反應不過來。

年糕奶奶開始念起厲害的魔法咒語。

年糕奶奶變，年糕奶奶便便，

年糕奶奶便便變！

奶奶原本蓬鬆的銀白頭髮，變成茂密又亮眼的紅色；原本沾滿醬汁的圍裙，也變成帥氣的白色盔甲；而充滿陳年汙垢的老舊勺子和鍋子，則變成閃閃發亮的武器。

便便奶奶也對起司念起了「便便變」咒語。

起司喵喵變，起司喵喵便便，便便神喵便便變！

一道閃光飛過，轉眼間，膽小的起司貓咪突然消失了，變成威風凜凜的「便便神喵」！

「天啊！竟然是便便奶奶和那隻臭貓！可惡，我被騙了！」

「你這傢伙！」便便奶奶對著董事長大喊。「你不但縮減營養午餐的預算，害全校的小朋友肚子痛，現在還使用便宜的油漆，讓大家生病！而且，你竟然還謊稱小朋友會得癢癢症都是因為吃了辣炒年糕，簡直無法原諒！」

便便神喵氣得全身毛髮倒豎，連尾巴也豎了起來，好像隨時要發動攻擊。

「便便奶奶！這次的懲罰就用更厲害的『超級便便變』吧！只要中了這個咒語，不管是披薩、烤肉，還是炸醬麵、漢堡、味噌湯……只要一碰到舌頭，原本美味的食物馬上就會變成便便口味！」

「啊！這可不行！」董事長驚呼。

便便奶奶立刻念起咒語。

辣炒年糕變，
辣炒年糕便便！
辣炒年糕便……

嘩！這時，網子突然
從天花板掉下來，捉住
了神喵。

「喵啊啊啊啊！」

「神喵！」

董事長邪惡地大笑。「哇哈哈，你有本事就去救牠呀！但是如果你貿然出手，那隻會說話的臭貓可不會安然無恙！」

「我不是臭貓，我是神喵！」

「如果你現在向我道歉，並解除咒語，我就大發慈悲，放了那隻愛講話的貓。」

「奶奶！不要為了救我而放過那個壞蛋！」神喵哭著說。

便便奶奶雙眼充滿怒火，但她還是放下手中的勺子和鍋子。

「……對不起。」

「便便奶奶！」

「我向你道歉，對不起。還有，請你放了起司吧！」

「哈哈哈！早就該這樣做了！」董事長得意洋洋地說。

「其實我本來就是要來向你道歉的。」

「什麼？向我道歉？」

「是的。三十年前，我剛開始經營辣炒年糕店，當時有個小朋友來找我談心事。他說家裡的小狗不見了，但當時我沒辦法幫他解決煩惱，因此我一直惦記這件事。之前在你家看到照片之後，我才發現原來那個孩子就是你。」

聽完便便奶奶的話後，董事長嚇得睜大了雙眼。

「你就是當時那位老闆嗎？」

董事長看起來非常震驚。

「我想起來了……以前朋友們去了辣炒年糕店後都很開心，他們說自己的煩惱都已經順利解決。但是我去了辣炒年糕店之後，我的小狗

咚咚卻沒有回來，後來我下定決心，再也不要當一個善良的人。」

「對不起，我也沒辦法……」

「我不聽！自從媽媽去世之後，咚咚是我唯一的朋友，但爸爸總是罵我，說我整天只知道跟小狗玩。有一天，咚咚突然不見了，幾天後牠出現在我的夢中，不停地舔我的臉。但是之後，我就再也不曾夢見牠……便便奶奶，為什麼你不願意幫我解決煩惱呢？」

「一切都是有原因的。」

「如果你當時幫我找回咚咚，我應該會成為一個善良的大人。」

便便奶奶說：「你聽我說。你的爸爸一向很嚴厲，他認為你不該這麼依賴咚咚，所以某天晚上他把咚咚帶去很遠的地方，把牠丟在那裡，想讓牠回不了家。」

「天啊！爸爸竟然這麼做？」

「還好咚咚很聰明，牠跑了幾天幾夜，終於回到家附近，但是牠的身體已經撐不下去了。咚咚跑到店裡找我，牠說如果自己死了，你一定會很傷心，所以牠找我幫忙。」

隱瞞了三十年的真相終於揭開，董事長驚訝得張大嘴巴。

「所以為了表達我的歉意，我會讓你再次

我的好朋友咚咚⋯

見到咚咚。」

「什麼？你騙人！」

便便奶奶看著手上的鍋子和勺子。

「好，今天你們扮演著非常重要的角色！」

便便奶奶把勺子放進鍋子裡，開始快速轉動，就像平時為了讓年糕入味而攪拌一樣。

唯一不同的是，現在轉動的方向和平時相反！

轉轉轉，轉轉轉，一圈又一圈……

轉轉轉，轉轉轉，一圈又一圈……

便便奶奶開始不停地轉動勺子和鍋子，當她轉了二十六萬二千八百次，眼前出現了驚人的情景！

他們回到三十年前董事長的家，臥室床上躺著一個可愛的小孩，他長得跟現在的董事長一模一樣。

　　「那不是小時候的我嗎？」

　　董事長嚇了一跳。

　　一隻狗小心翼翼走到小孩身旁，不停地舔他的臉。睡夢中的小孩笑得很開心，好像在做一場美夢。

　　「咚咚！原來那不是夢，你真的回來找過我？」董事長嚇呆了，但他很快回神，衝過去抱住咚咚，大喊：「咚咚！我好想你！」

　　「是你啊，東哲！」咚咚也嚇了一跳，但牠一眼就認出年長了三十歲的東哲，開心地朝著他搖尾巴。

「三十年來，我一直以為你那時只是出現在我的夢中，原來……」董事長恍然大悟。

咚咚說：「那不是夢。我跟奶奶說，離開前我想要再見你一面，多虧奶奶的幫助，我才能實現願望。」

「真的很抱歉！我不知道爸爸把你帶走，也不知道你離開了這個世界……」

「我也很抱歉，我的身體實在撐不下去了……但還好我能在離開前和你道別，我真的很開心。」

「你可不可以不要走？和我一起生活吧，好嗎？」

「東哲，我也很想和你一起生活，但我生病了……」

「我可以帶你去看醫生！我已經長大了，還賺了很多錢，什麼事都做得到。咚咚，不要

走！拜託⋯⋯」

「太好了，看來你成為一個很好的大人，比我期待的更棒！」

「什麼？其實我⋯⋯」

「對我來說，你永遠是最棒的！東哲，我要先去沒有病痛的地方了，你一定要當個善良的人，過得幸福、快樂，我們之後再見吧。」

「咚咚！嗚嗚嗚！」

轉眼間，五分鐘過去，咚咚在煙霧中消失不見。

董事長哭得像個孩子，他說：「便便奶奶，謝謝你讓我再次見到咚咚。從現在開始，我會當一個善良的人。也謝謝你陪伴咚咚度過生命中最後的時光，讓牠不那麼孤單。」

「嗯，看來你好好反省了，但你還是要為自

己犯的錯接受懲罰。之後你吃的辣炒年糕依舊會是便便的味道，不會改變！」便便奶奶堅決地說，董事長也點頭表示同意。

「但是……因為我無法為十歲時的你實現願望，為了表達歉意，我想請你吃一盤宇宙最強的辣炒年糕，絕對沒有便便的味道喔。」

「這個主意不錯！」神喵大聲說道。

便便奶奶煮了一盤熱騰騰的辣炒年糕給董事長吃。「快點趁熱吃吧！」

「謝謝。」董事長一邊哭，一邊津津有味吃完了辣炒年糕。「這真是全世界最好吃的辣炒年糕了，嗚嗚嗚。」

後記

　　天漸漸亮了。

　　「叮鈴鈴！辣炒年糕送到家」服務自此結束，年糕奶奶把摩托車放回倉庫。

　　「原來邪惡的董事長以前也是個可愛的孩子，真是太不可思議了！」

　　「如果當時大人願意用心教育他，董事長也不會變成現在的樣子。」

　　「是啊。年糕奶奶，到了明天，辣炒年糕店又會恢復以前的熱鬧吧？」

　　「應該會吧。起司，我要去一趟市場，準備足夠的辣炒年糕食材，絕對不能太少，因為我要讓每個小客人都吃飽。」

　　年糕奶奶提著菜籃，輕快地走在前面，起司威風凜凜地跟在她後面。

經過春春家電時，他們看到一則眼花撩亂的廣告。

「寵物機器人……？」

年糕奶奶的雙眼突然亮了起來，她有預感，以後小朋友們可能會因為這個新玩具而煩惱不已！但是不管小朋友遇到什麼困難，年糕奶奶都會立刻伸出援手。

對年糕奶奶來說，現在最重要的任務是為小朋友們準備宇宙最強的辣炒年糕，因為只要吃了甜甜辣辣的辣炒年糕，所有的煩惱都可以一掃而空！

第四集待續……

請找出 **年糕奶奶便便變** 的主人公們！

（年糕奶奶、起司、董事長、笑笑、小東、天天、浩浩、
世琳、豆音 APP 的社長和助理、娜娜，與春春）

我覺得笑笑的微笑很漂亮。♡

宇宙最強的　　最喜歡
辣炒年糕♡　　年糕奶奶了！

年糕奶奶的辣辣少年糕最棒了！

多謝款待。—春春

謝謝年糕奶奶。

小野人 53

똥볶이 할멈 3 나쁜 어린이는 없다
年糕奶奶
便便變 ③ 年糕店快倒了，怎麼辦？

作　　者　姜孝美강효미
繪　　者　金茹妍김무연
譯　　者　林建豪

野人文化股份有限公司
社　　長　張瑩瑩
總 編 輯　蔡麗真
副 主 編　王智群
責任編輯　陳瑞瑤
行銷企劃經理　林麗紅
行銷企畫　蔡逸萱、李映柔
專業校對　魏秋綢
封面設計　周家瑤
內頁排版　洪素貞

讀書共和國出版集團
社　　長　郭重興
發行人兼出版總監　曾大福
業務平臺總經理　李雪麗
業務平臺副總經理　李復民
實體通路組　林詩富、陳志峰、郭文弘、王文賓、賴佩瑜
網路暨海外通路組　張鑫峰、林裴瑤、范光杰
特販通路組　陳綺瑩、郭文龍
電子商務組　黃詩芸、李冠穎、林雅卿、高崇哲、沈宗俊、黃亞菁
專案企劃組　蔡孟庭、盤惟心
閱讀社群組　黃志堅、羅文浩、盧煒婷
版 權 部　黃知涵
印 務 部　江域平、黃禮賢、林文義、李孟儒
出　　版　野人文化股份有限公司
發　　行　遠足文化事業股份有限公司
　　　　　地址：231 新北市新店區民權路 108-2 號 9 樓
　　　　　電話：（02）2218-1417　傳真：（02）8667-1065
　　　　　電子信箱：service@bookrep.com.tw
　　　　　網址：www.bookrep.com.tw
　　　　　郵撥帳號：19504465 遠足文化事業股份有限公司
　　　　　客服專線：0800-221-029
法律顧問　華洋法律事務所　蘇文生律師
印　　製　凱林彩印股份有限公司
初版首刷　2022 年 7 月

ISBN：978-986-384-720-5（平裝）
ISBN：978-986-384-722-9（PDF）
ISBN：978-986-384-721-2（EPUB）

有著作權　侵害必究
特別聲明：有關本書中的言論內容，不代表本公司／出版集團之立場與意見，文責由作者自行承擔
歡迎團體訂購，另有優惠，請洽業務部（02）22181417 分機 1124、1135

國家圖書館出版品預行編目（CIP）資料

年糕奶奶＠便便變 ✓✓✓. 3, 年糕店快
倒了，怎麼辦？/ 姜孝美作；金茹妍繪；
林建豪譯. -- 初版. -- 新北市：野人文化
股份有限公司出版：遠足文化事業股份
有限公司發行，2022.07

　面；　公分

862.596　　　　　　111006362

Copyright © 2022
Written by Kang Hyo-mi & Illustrated by Kim Muyeon
All rights reserved.
Original Korean edition published by Chucreambook.
Chinese(complex) Translation Copyright ©2022 by Yeren Publishing House.
Chinese(complex) Translation rights arranged with Chucreambook through M.J.Agency, in Taipei

年糕奶奶＠便便變 3

野人文化
官方網頁

野人文化
讀者回函

線上讀者回函專用
QR CODE，你的寶
貴意見，將是我們
進步的最大動力。

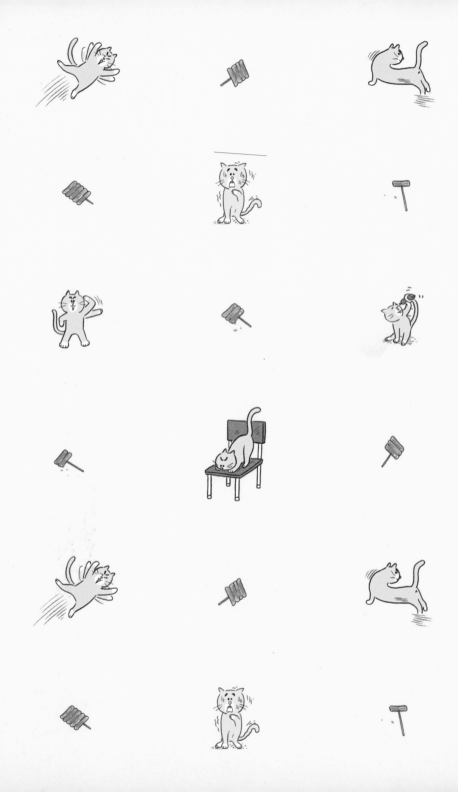